L'APOTHÉOSE DE L'EMPIRE

OU LE RÈGNE

DE

L'HARMONIE UNIVERSELLE,

Par Jean JOURNET.

Adveniat regnum tuum.
Oraison Dominicale.

Proclamer l'HARMONIE,
C'est l'œuvre de nos temps,
Le devoir du GÉNIE.
CHANTS HARMONIENS.

Prix : 25 centimes.

FOIX,

Imprimerie, Litogr. et Librairie de Pomiés frères.

— Juillet 1859. —

Paris, le 1er janvier 1857.

A SA MAJESTÉ L'IMPÉRATRICE.

L'ÈRE DE LA FEMME.

L'extension des priviléges des femmes est le principe général de tous progrès sociaux.

FOURIER.

Femme, la vérité du Ciel est descendue,
Votre bouche inspirée, annonçant sa venue,
Peut disposer de notre sort.

(CHANTS HARMONIENS.)

En ce temps de crainte et de doute,
Au sein d'un monde défiant,
Où l'aveugle barre la route
Que franchit le pas du voyant ;
Irai-je, prophète indocile,
En butte à tant d'hostilités,
Exhumer d'une main débile
La harpe des solennités?....

1859

Où sont ces jours, où sur la trace
Des messagers du Rédempteur,
Je confondais par mon audace
Les embûches de l'imposteur :
Où mon inflexible constance,
Les regards fixés sur le BUT,
Dans le foyer d'impénitence
Proclamait la loi de SALUT?

Où sont ces jours où mon courage,
Écho fidèle de ma foi,
Dominait, au fort de l'orage,
Une multitude en émoi ;
Où le glaive de ma pensée
Attaignait, plus prompt que l'éclair,
Dans une bataille insensée,
Les vils suppôts de notre enfer?...

Oh ! si le ciel nous le commande,
Si la terre nous tend les bras,
Arrière! celui qui marchande !
Mépris à qui compte ses pas !
Honte au trainard qui, dans la foule,
Reste perdu dans ce moment,
Où du vieux monde qui s'écroule
Tombe le dernier monument!!!

Mais du préjugé, lâche esclave,
L'homme idolâtre ses erreurs ;
Sans cesse il agrandit l'entrave
Qu'il oppose à ses bienfaiteurs ;
Ennemi-né de la SCIENCE,

Qui peut seule guérir ses maux,
Dans une éternelle démence
Il éternise son chaos.

C'est en vain que l'expérience
A la lueur de son flambeau,
Témoigne jusqu'à l'évidence
Que l'homme est son propre bourreau ;
En vain la clémence divine
Au spectacle de nos fureurs,
Pour conjurer notre ruine,
Nous mande ses libérateurs ;

En vain le passé nous signale
Ces prodiges d'iniquité,
Dont la fourberie infernale
Confondra la postérité : —
De siècle en siècle plus sauvage,
L'homme dans ses débordements
Poursuit d'une implacable rage
Les plus radieux dévoûments.

Quand l'apôtre ferme en sa voie,
Embrasé du souffle divin,
Court pieds nuds et foule avec joie
Toutes les ronces du chemin,
Le tableau de tant de misères
A surexcité son amour,
Et l'espoir de sauver ses frères
Le précipite sans retour.

Tendu vers des plages lointaines ,
L'œil d'un GÉNIE impétueux,
Aux confins des célestes plaines
Entrevoit le POINT lumineux;
L'astre grandit, devient sensible ,
La foule un jour à son réveil,
Dans ce point hier invisible,
Contemple un splendide soleil.

Alors le progrès nous réclame ,
Et cet indomptable lutteur
S'assujettit toute grande âme,
S'empare de tout noble cœur ;
Alors le globe est dans l'attente ,
Les mortels palpitent d'espoir,
Et l'aube d'une ÈRE ÉCLATANTE
Rayonne aux cimes du pouvoir.

. . . .
. . . .

Au temps qu'en la Toute-Puissance
Le peuple a commis ses destins ,
Au temps qu'une fortune immense
Impose de vastes desseins,
Et bonne, et magnanime , et belle ,
Portée aux faîtes des splendeurs,
Votre foi restera fidèle
A l'infortune de vos sœurs.

Et quand en face du problème
Qui décèle l'ordre des cieux,
Quand l'homme en ce moment suprême

Détourne froidement les yeux ;
Quand au sein de sa décadence,
Jouet de mirages trompeurs,
Quand l'homme, de la Providence
Dédaigne hautement les faveurs ;

Quand familier de faux oracles,
Fauteur d'un progrès mensonger,
Quand l'homme au plus grand des miracles
FOLLEMENT demeure étranger ;
Quand de bruit et d'éclat avide,
Surdominé par le présent,
Quand l'homme ne choisit pour guide,
Qu'un égoïsme abrutissant ;

Et quand l'insolence impunie
D'un scepticisme sensuel,
Etouffe sous la calomnie
L'ENVOYÉ providentiel ;...
Alors LA FEMME SOUVERAINE,
A l'encontre des incréants,
Doit affranchir l'espèce humaine
D'UN MARTYR DE SIX-MILLE ANS!!!..

Qu'un sexe entier qui vous invoque
Touche votre cœur généreux!
Colorez notre sombre époque
D'un prestige miraculeux!
Dans l'arène de la JUSTICE,
Aux éclairs de la VÉRITÉ,
Entrez résolument en lice,
Marchez à l'immortalité!

Oh! quelle vive et douce ivresse,
Quelle ardente admiration
Vont consacrer la hardiesse
De la plus sainte mission!
Émule des rares génies,
Le bras fort, le front inspiré,
AUX ÉTERNELLES HARMONIES,
RALLIEZ UN GLOBE ÉGARÉ! !

Et l'humanité haletante
Entrevoit de plus heureux jours ;
Et sous une main compétente
Le grand œuvre accomplit son cours ;
Et le scalpel analytique
Dénonce un siècle vermoulu ;
Et la CABALE académique
Abdique un régime absolu ;

Et le pouvoir se préocupe
De nos droits toujours palpitants ;
Et le peuple n'est plus la dupe
D'une tourbe de charlatans ;
Et de monstrueuses doctrines
Le fanatisme est aboli ;
Et sur nos horreurs intestines
S'étend le voile de l'oubli......

Et la nuit qui nous environne
Perçoit un magnifique horizon ;
Et la plus brillante couronne
Découvre SON PLUS BEAU FLEURON ;
Et son éclat est le présage

Des destins les plus glorieux ;
Et cet éclat qui se propage
Porte la LUMIÈRE en tous lieux.

Et LA SCIENCE HARMONIENNE
Fixe le code social ;
Et la femme dans son domaine
Reprend son sceptre nuptial ;
Et l'abondance universelle
Fonde le règne de la PAIX ;
Et la vie enfin nous révèle
Ses plus poétiques attraits ! !

———

Marchez, les temps vous sont propices !
Dieu sourit aux élans pieux ;
Prenez, sous vos sacrés auspices,
Des trésors, le plus précieux :
Sous le poids d'un joug séculaire,
En proie à la duplicité,
La fille, l'épouse, la mère
Implorent votre humanité.

Ce Dieu veut-il que dans l'abîme
Des maux où l'homme s'est plongé,
La femme croupisse victime
Du plus immonde préjugé ?....
Peut-il, à lui-même contraire,
Souffrir à perpétuité,
Dans l'ignorance et la misère,
Le sceau de sa divinité ?...

Levez-vous, votre aspect auguste,
Votre exemple contagieux,
Exaltera l'âme du juste,
Confondra l'esprit ténébreux ;
Révélez avec assurance
Aux regards de l'hydre abattu,
La chaleur de votre espérance,
La force de votre vertu.

Aux feux de la foi qui transporte
Embrasant votre charité,
Rivale de la femme forte,
Extirpez l'impudicité.
La terre veut un grand exemple,
Un siècle PÉNITENT vous suit,
La postérité vous contemple
Et le Tout-Puissant vous bénit.

Orgueil ! espoir de la nature,
Femme ! la loi du Créateur
Veut que sa frêle créature
Terrasse un jour le tentateur ;
Femme ! ce beau jour vient de naître,
Et le Soleil de L'UNITÉ
Se lève pour faire apparaître
L'ÈVE DE LA FÉLICITÉ.

Aux élus les saintes conquêtes !
L'Eternel qui veut en finir,
Tient à vos ordres toutes prêtes,
Les phalanges de l'avenir ;
Jetez le cri de délivrance !

De tous les points de l'univers,
Pour célébrer la JEUNE FRANCE,
Naîtront d'unanimes concerts.

Marchez, et sublime et ravie,
Partout sur vos pas conquérants,
Va jaillir la nouvelle vie
En flots purs, en profonds torrents ;
Veuillez, et sacrée et bénie,
Le genre humain avec transport,
Saluera dans son EUGÉNIE,
L'archange qui le guide au port!!!

De la Gaule et de l'Ibérie,
Déjà l'hymen générateur
De l'universelle patrie
Récèle un germe précurseur ;
Parlez, et votre voix féconde
Touchera le LIBÉRATEUR,
ET LE VASTE EMPIRE DU MONDE
VERRA L'AURORE DU BONHEUR!!!

Paris, 15 août 1857.

A SA MAJESTÉ L'EMPEREUR.

LE PASSÉ ET L'AVENIR.

Oh! sagesse de l'UNITÉ, qui rallies tous les
esprits, tous les cœurs, toutes les âmes, pour
en faire jaillir la sagesse du Dieu vivant, de
l'humanité transfigurée !
Bras de Dieu, volonté de Dieu, délices de
Dieu, Dieu lui-même. — UNITÉ !!
(*Documents Apostoliques.*)

Les temps sont accomplis. — L'immortel le commande,
REINE DES NATIONS, de préparer l'offrande
    Qui dissipe la nuit.
MOISE se réveille, il se lève, il s'avance,
Le volcan de la foi jette sa lave immense
    Et la LIBERTÉ luit.
(*Chants Harmoniens.*)

Empereur tout-puissant du plus vaillant empire,
Monarque dont le nom impose aux souverains,
Vous que le Ciel protège et que la Terre admire,
Vous qui tenez le sort des peuples dans vos mains ;
Détournez vos regards et du fond de l'abîme,

Où la tenaient captive et l'erreur et le crime,
Voyez, la vérité surgit de son tombeau;
Aux mortels égarés par la crainte et le doute
Elle éclaire le port, elle indique la route
A l'éternel éclat de son divin flambeau.

Ce jour a révélé la céleste carrière
Où l'âme est conviée à prendre son essor, —
Et lorsque des partis la rage meurtrière
D'un siècle débordé se dispute le sort;
Tandis que le brandon des discordes civiles
Dépeuple nos hameaux, ensanglante nos villes;
Alors que l'anarchie aux instincts effrénés
Menace d'envahir la terre toute entière, —
C'est alors qu'apparaît LA NOUVELLE LUMIÈRE,
Aurore précurseur de nos jours fortunés,

Et nous, plus que jamais plongés dans les ténèbres,
Esclaves fascinés de la fatalité,
Nous plaçons notre espoir dans ces luttes funèbres
Où l'on vit constamment sombrer l'humanité.
En vain de chaque effort naît un nouveau martyre,
En vain d'un sort cruel nous tombons dans un pire;
Au comble de ses maux toujours plus vaniteux,
De plus en plus rebelle aux lois de la nature,
Victime de l'erreur, jouet de l'imposture,
L'homme reste impassible à ce spectacle affreux.

Que d'impudents rhéteurs, de stériles sophistes,
Que des docteurs sans loi, des lévites sans cœur,
Que des poètes vains, d'obscurants journalistes
Corrompent les décrets DU GRAND LÉGISLATEUR;

Que pendant cinquante ans écrasés de sa gloire,
Qu'ils étouffent son nom, qu'ils souillent sa mémoire,
Que des plus mauvais temps ils aggravent le cours,
C'est le rôle constant de cette engeance immonde
Qui jaillit des égouts, que le ruisseau féconde,
C'est le seul gagne-pain des scribes de nos jours.

Pour confondre l'orgueil de ces pires natures,
Faut-il de leur chef-d'œuvre esquisser les tableaux,
Dépeindre ces prisons, afficher ces tortures,
Évoquer les forçats, les sbires, les bourreaux ;
Dévoiler, sous le coup de progrès empiriques,
Le ravage croissant des sept fléaux lymbiques,
Pour dévaster la terre, échappés des enfers ;
Montrer des factions l'hydre toujours vivante
Tramant son dernier coup qui frappe d'épouvante
Ce chaos gengrené dont ils semblent si fiers.

Allez ! édifiez sophisme sur sophisme ;
Surpassez les hauts faits des maçons de Babel,
Et dans l'enivrement du plus âpre égoïsme,
En ébranlant la terre, obscurcissez le ciel ;
Et quand l'humanité tombée en léthargie
Vous permettra d'atteindre au plus fort de l'orgie,
Quand vous vous croirez sûrs de toute impunité,
Alors éclateront sur votre folle ivresse
Ces bibliques clameurs, cette voix vengeresse
Qui troubla Balthazar dans son impiété.....

Quand le PROGRÈS d'un siècle a sonné l'agonie,
Malheur à l'esprit fort, au cœur présomptueux
Qui voudrait raviver, fut-ce au feu du génie,
D'un passé qui s'éteint l'éclat fallacieux ;

Que si , pour l'éblouir, la fortune conspire ,
Si le succès d'un jour exalte son délire ,
Si la gloire éphémère enfle sa vanité ;
Il ne surprendra point par des intrigues vaines ,
Par un fracas sans but , par des pompes mondaines ,
L'inexorable arrêt de la postérité.

Où sont-ils, répondez, échos de notre histoire!
Ces courtisans altiers, ces potentats fameux ,
Ces hordes en démence acclamant la victoire,
Ces tribuns enivrés d'un apparat pompeux ;
Condamnés par eux seuls, frappés par la JUSTICE,
Ils tombent isolés sur un sol impropice ,
Ils subissent la LOI qu'on ne peut transgresser ;
Ils ont bouché l'oreille au mot de Providence ,
Ils ont fermé les yeux au jour de l'évidence ,
Incrédules et vains, ILS N'ONT FAIT QUE PASSER.

Mais vous qui , le front ceint du plus beau diadème ,
Détenteur d'un pouvoir que tout doit raffermir ,
Captif des préjugés en ce moment suprême,
Vous livreriez au sort le soin de l'AVENIR ;
Vous, en qui l'Éternel a mis son espérance,
Vous, le PIVOT du monde et l'orgueil de la FRANCE,
Vous , dont le bras puissant en un moment fatal ,
Contint dans ses transports l'Europe mutinée ;
Vous, dont tout applanit l'IMMENSE DESTINÉE,
Vous vous prosterneriez devant l'hydre du mal?. .

Quand un simple voyant, à travers tant d'orages,
Prophète méconnu, sublime vagabond,
En proie à mille maux, en butte à mille outrages.

Subit encor debout le plus lâche abandon.
Emporté par la FOI, guidé par la SCIENCE,
Toujours errant, partout affirmant sa CROYANCE,
Il brave le mépris qui s'attache à ses pas.
L'apôtre à qui le Ciel a désigné la route,
A la vie, à la mort, marche coûte que coûte,
Et contre l'enfer, seul, il ne recule pas.

Oh ! si pour un instant, affranchi de ma chaîne,
J'eusse pu, délivré des serres du vautour,
Armé de pied en cap, me produire en l'arène
Qui permet aux vaillants de combattre au grand jour.
Alors, sûr de mes coups, confiant dans ma cause,
Certain d'atteindre un but dont la valeur dispose,
Partout eut retenti mon nom victorieux.
Le cœur sait assurer le succès d'une lutte
Dont le prix des exploits que le bras exécute
EST LE SALUT DU MONDE ET LA GLOIRE DES CIEUX.

Oui, d'un front assuré, d'une démarche altière,
Pénétré des devoirs qu'imposent les grandeurs,
SIRE, osez arborer cette AUGUSTE BANNIÈRE,
But de tous nos désirs, fin de tous nos malheurs.
D'abord, à son aspect, cette plèbe bizarre
Que le jour éblouit, que l'horizon égare,
Restera sous le coup de sentiments divers ;
Mais en voyant de Dieu la sagesse infinie,
Concevant l'UNITÉ, contemplant l'HARMONIE,
Elle unira ses chants aux chants des univers.

Et le plus beau spectacle exaltera la terre,
Et de tous les partis, et de toute couleur,

Et de tous les États et de tout l'hémisphère,
Les peuples fortunés béniront leur SAUVEUR.
Ils maudiront ces temps où la raison captive
Redoutait de puiser à cette source vive
Qui roule dans son sein des flots de vérité.
Mais ils glorifieront ceux dont l'âme annoblie
Par des travaux abjects, par la sainte folie,
DEBLAYA LE CHEMIN DE LA FÉLICITÉ.

Foix, le 16 mars 1859.

A SA MAJESTÉ LE PRINCE IMPÉRIAL.

L'ANGE GARDIEN.

Je vis le ciel ouvert et voici.
Je vis descendre du Ciel un Ange qu i
avait les clefs de l'ABIME.
Je vis un nouveau ciel et une nouvelle
terre.
Et moi JEAN, je vis la cité Sainte, LA
NOUVELLE JÉRUSALEM qui descen-
dait du ciel, d'auprès de Dieu, parée
comme une épouse qui s'est ornée pour
son mari.
St-Jean apocalypse.

L'Homme épuisé de faim et de contrainte,
Dans un ABIME allait chercher un but :
Il était temps que la colombe sainte
Nous apportât la branche de salut!!
(*Chants Harmoniens.*)

De l'orbe lumineux obscurcissant la trace,
Un globe dégradé profanait de l'espace
    L'Empire harmonien ;
Quand ce globe envahi par la reconnaissance,
Abjurant son passé, préside à la naissance
    DE SON ANGE GARDIEN.

O jour mystérieux, qu'imploraient les prophètes,
Splendide avant-coureur des suprêmes conquêtes;
    But de l'humanité !

Concentre ton éclat sur ce DIVIN GÉNIE,
Mandé pour proclamer au nom de l'HARMONIE,
　　　La loi de l'UNITÉ.

Allez, digne héritier de la toute puissance,
Vous que le Créateur en sa munificence
　　　Vouait au Genre humain ;
Les temps sont accomplis , le vœu se manifeste,
Et vous quittez, joyeux, la couronne céleste
　　　Pour un sceptre mondin.

Au comble des grandeurs, où le ciel vous allie,
Déjouant les complots , dédaignant la folie
　　　Des démons conjurés ;
Formé par la Vertu , guidé par le Courage,
Phare resplendissant des clartés d'un autre âge ;
　　　Croissez et prospérez !

———————

En vain l'impudence
D'un monde à rebours,
De la Providence ,
Peut troubler le cours ;
En vain l'imposture
Peut, d'une voix sûre,
Vanter ses exploits —
Un jour la nature
Impose ses droits.

En vain la malice
De Scribes repus ,
Au dernier supplice
Condamne JÉSUS ;

En vain leur délire
S'acharne au martyre
De fous surhumains —
Un jour voit maudire
Tous ces assassins.

Leur race ameutée,
Depuis cinquante ans,
Peut, de PROMÉTHÉE,
Déchirer les flancs —
Forfait illusoire,
Un jour de victoire
Confond ces pervers,
Et la bande noire
Se rue aux enfers.

La Gaule affranchie
D'excès infamants,
Sappe l'anarchie
Dans ses fondements ;
L'Europe respire,
L'Orient s'inspire
D'un destin meilleur,
Et la terre admire
Son LIBÉRATEUR.

En vain l'impudence
D'un monde à rebours,
De la Providence,
Peut troubler le cours ;
En vain l'imposture

Peut, d'une voix sûre,
Vanter ses exploits —
Un jour la nature
Impose ses droits.

Des profondeurs de la nuit
S'élance ce JOUR propice,
Nous, que son aube conduit,
Hâtons-nous d'entrer en lice ;
Le monde attend le signal,
Mais la France est toujours prête
A solenniser la fête
DU GÉNIE IMPÉRIAL.

Pour consacrer la destinée
Du plus glorieux potentat,
Le soleil dans cette journée
Se pare de tout son éclat,
Et nous prodiguant, sans mesure,
Ses rayons régénérateurs,
Le Grand flambeau de la nature
Luit pour enflamer tous les cœurs.
    Des profondeurs etc.

Et nous voyants, prêchions d'exemple
Aux avant-gardes du progrès,
Le CHÉRUBIN, qui nous contemple,
S'exaltera de nos succès,
Alors que sa main protectrice
Place en cette solennité,
Sous l'égide de la JUSTICE,

La cause de la VÉRITE.

Des profondeurs etc.

Dieu le veut ! Que ce cri magique
Soit notre cri de ralliement,
Osons de l'ÈRE PACIFIQUE
Fonder le premier monument,
Et maîtrisant l'intolérance
D'obscurs comptenteurs de la LOI,
Osons, embrasés d'espérance,
Lever l'étendard de la FOI !
    Des profondeurs etc.

Et la SCIENCE triomphante
Subjugue les règnes divers,
Et les prodiges qu'elle enfante
Enthousiasment l'Univers,
Et dans l'ardeur qui les entraîne,
Les peuples accourent s'unir
A LA PUISSANCE SOUVERAINE
QUI LES RALLIE A L'AVENIR.

    Des profondeurs de la nuit
S'élance ce JOUR propice,
Nous, que son aube conduit,
Hâtons-nous d'entrer en lice ;
Le monde attend le signal,
Mais la France est toujours prête
A solenniser la fête
DU GENIE IMPÉRIAL !

OUVRAGES DU MÊME AUTEUR.

Poésies et Chants harmoniens. — Prix : 3 fr. 50

Documents Apostoliques et Prophéties.
Prix : 2 fr. 50.

Les Sept Clameurs du Désert. — Prix : 1 fr.

Ouvrages d'Initiation à la Science Sociale :

A la Librairie Phalanstérienne, rue de Beaune, 6.

Solidarité, par Hippolyte Renaud.

Le Nouveau Monde Industriel, par Charles
Fourrier.

www.ingramcontent.com/pod-product-compliance
Lightning Source LLC
Chambersburg PA
CBHW061737180626
46818CB00006B/2666